Un travail pour
MME RISETTE

Un travail pour
MME RISETTE

Roger Hargreaves

hachette
JEUNESSE

Devine ce que fait madame Risette, en se réveillant ?

Eh oui ! elle sourit.

Et il en est ainsi toute la journée.

La moindre des choses la fait éclater de rire.

Certains apprécient la gaieté de madame Risette...

… d'autres, beaucoup moins.

Et madame Dodue en particulier.

En effet, que fait madame Risette en la voyant manger un énorme gâteau ?

Elle éclate de rire, bien entendu !

Madame Dodue est persuadée que madame Risette se moque de son embonpoint.

Ce jour-là, madame Risette était encore plus heureuse que d'ordinaire. Elle avait trouvé un emploi de serveuse au très chic restaurant du club de golf.

– Souvenez-vous que nous sommes un établissement réputé, rappela le directeur au personnel. Le service doit être irréprochable.

Que fit madame Risette en entendant ces mots ?

Elle sourit !

– Ah ! vous voilà enfin ! bougonna monsieur Grognon lorsque madame Risette vint prendre sa commande.

Cette fois encore, elle ne put garder son sérieux…

… et elle lui apporta ses spaghettis sauce ketchup et son diabolo fraise en riant aux larmes.

Monsieur Grognon se fâcha pour de bon.
– Pourriez-vous m'expliquer pourquoi vous riez de la sorte ? Vous ne vous moqueriez pas de moi, par hasard ? grogna-t-il. Je veux voir le directeur tout de suite.

– Qu'y a-t-il pour votre service, monsieur Grognon ? demanda le directeur.

– Votre serveuse se moque de moi ! Elle n'arrête pas de rire !

– Veuillez accepter nos excuses, monsieur Grognon. Je vous assure que cela ne se reproduira plus.

– Hi, hi, hi ! hi, hi, hi !
Madame Risette pouffa de rire.

– Je vous en prie, madame Risette ! lui dit le directeur du restaurant. Vous savez bien que monsieur Grognon est un client difficile. Essayez donc de ne pas rire en sa présence !

– Mais je ne riais pas à cause de lui, assura madame Risette. Je suis d'une nature gaie, voilà tout !

– Vous allez porter ces rafraîchissements aux golfeurs, dit le directeur. Par pitié, tâchez de vous comporter convenablement !

Madame Risette promit d'essayer.

À ton avis, va-t-elle réussir ?

Justement, monsieur Malpoli avait réussi une très belle balle. Elle avait atterri vraiment près du trou !

– Ah ! joli coup, monsieur Malpoli ! s'exclama monsieur Heureux. Pas vrai, monsieur Joyeux ?

– J'admets que ce n'était pas mal, coupa monsieur Malpoli. Mais je suis capable de faire mieux.
Le prochain coup, ma balle ira directement dans le trou !

Le prochain coup fut complètement raté.

Or madame Risette arriva à l'instant même.

En riant aux larmes.

– Le directeur ! vociféra monsieur Malpoli. Tout de suite ! Ah ! vous voilà !
Cette jeune personne m'a ridiculisé devant mes amis !
Si j'ai perdu ma partie, c'est à cause d'elle !

– Je vous prie d'accepter nos excuses, monsieur Malpoli. Soyez assuré que cela ne se reproduira pas, lui promit le directeur.

Et c'est ainsi que madame Risette fut affectée
à la boutique du club de golf.
Bien entendu, elle avait toujours autant envie de rire.

Et encore davantage en voyant madame Beauté
et madame Autoritaire essayer des chapeaux
parfaitement ridicules.

– Allons nous plaindre au directeur ! clama madame
Autoritaire en entraînant son amie.

– Personnellement, je n'ai rien contre vous, madame Risette. Mais je ne peux pas vous garder, lui dit le directeur.

Encore une fois, madame Risette eut du mal à garder son sérieux.

Bah ! elle trouverait bien un autre emploi, n'est-ce pas ?

En rentrant chez elle, madame Risette passa devant la crèche de la ville.

Les bébés ne riaient pas, eux !
Ils criaient, pleuraient, hurlaient. Quel vacarme !

La puéricultrice chargée de veiller sur eux ne riait pas davantage et se demandait comment elle pourrait calmer tout ce petit monde.

Madame Risette entra dans la crèche, fit quelques risettes aux bébés et, comme par miracle, ils cessèrent de pleurer.

Ils se mirent aussitôt à sourire, à rire et à gazouiller.

Cette fois, madame Risette avait trouvé le travail qui lui convenait.

Depuis, en se réveillant, elle est encore plus heureuse qu'auparavant...

… Elle s'empresse d'aller retrouver ses amis les petits enfants.

Avec eux, elle peut enfin rire autant qu'elle veut !

RÉUNIS VITE LA COLLECTION ENTIÈRE

DES **MONSIEUR MADAME**

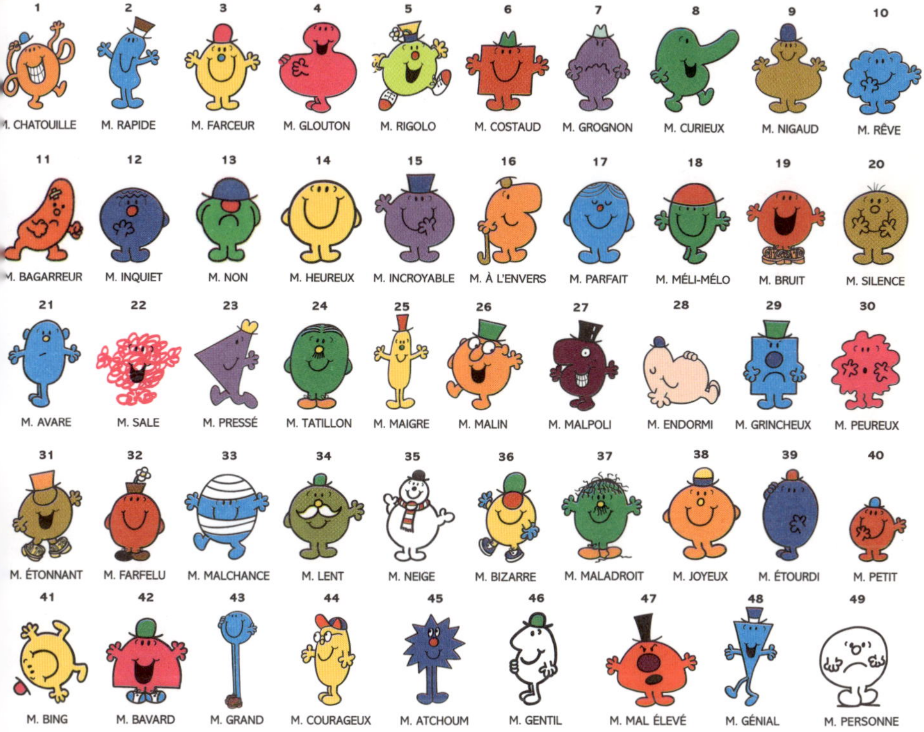

Adaptation : Josette Gontier
Dépôt légal : Juillet 2011
Loi n° 49-956 du 16 juillet 1949 sur les publications destinées à la jeunesse.
Imprimé et relié en France par I.M.E.